二川茂德

句集

FUTAGAWA Shigenori

# 牛歩

東京四季出版

# 目次

題字　二川茂德
装幀　髙林昭太

句集

# 牛歩

ぎゅうほ

# 春を縫ふ

# 九十句

みちのくの風置きざりに春立ちぬ

産声はいのちの叫び蕗のたう

卵かけご飯を食《とう》べ春を呼ぶ

春が来てゐる耳たぶのやはらかさ

春なれや身ほとりに置く金平糖

切株の指すみんなみよ木々芽ぐむ

芽のなべて持ちたる春の数へ方
紅梅に遠かちどきの届きたる

春を縫ふ名もなき花の数々よ

下萌えやだらりだらりと牛の舌

香をたたみたたみ紅梅凋みゆく

大津絵の鬼のふんどし水温む

ほのぼのと休耕田に春の雪

甲州野梅風の形に活けらるる

ぎくしやくと回り始めし風車
小面の歯のうす紅よ桃開く

春一番自律神経乱したる
草萌ゆる飛鳥は謎を秘めしまま

屋根はみな祈りのかたち辛夷咲く

芽柳の風をきれいと思ひたる

雛の夜猫にも正座てふがあり

まんさくの予祝の舞のうつくしき

雪解けの大地脈打つ音すなり

口にのこる豆腐の味よはだれ雪

覚えなき爪の土色木の芽どき

不器用に辷り落ちたる雪の果

あいまいな春泥の端踏みゆけり

雪間てふ小さき始まり子らの声

見えざるもの喜々とにぎはふ春の土

巡り来る花の定座よ風のこゑ

もぞもぞと啓蟄の日の過ぎゆけり

呪詛のごと延ぶ春泥の深轍

花菜畑夕星ひとつ溺れさう

眠り落つ村春泥の輪の中に

春潮といふ名の大河流れゆく
おのがじし流れをつかむ落椿

いつせいに四股を踏み出す春の蟹
花辛夷レース模様をひろげたる

白木蓮《はくれん》の地つづきにある紫木蓮
紫木蓮よぢり不動の化身とも

空転のタイヤの音す春の雪

白木蓮かかへ切れない空がある

きつかけはパンクの音よ鳥引きぬ

まだ春の居場所となれず瓦礫原

馬の子が初めて風を切りにけり

明日葉や海の向かうに海がある

春の海ひたすら傷を舐めてをり

音もなく雑木林に春の雨

繋がりし紙の輪ぐるり卒園す

揺るるもの強し柳のごと揺れよ

ひと度は白紙にもどれ卒業子

春愁や入れ子の箱を開けてをり

二人静夜は月光を放ちをり

蹴轆轤の土が伸びゆくうらうらと

さくら咲く枕詞の美しき国
しづかなる爆発なりき桜花

花一樹風神雷神背負ひたる
夕ざくら忿怒の相を見せはじむ

海原に向けて置きたる花一枝
さくらさくら積みたる本が重くなる

初めてのさくら隠しを目のあたり
漠然と死はそこにあり花の雲

恋猫の声うら返りうら返り
月おぼろ途中で消える道がある

石ひとつ乗せたる土柱山笑ふ

囚人の目にくねくねと蝌蚪の紐

嚙みくだく目刺の骨よ啄木忌

花冷えの夜見る鏡おぞましき

両神山《りょうがみ》に兜太の落花埋むべし

読み了へし源氏の果ての夕朧

大落花むら肝冷ゆる思ひかな

川蜷のことりことりと転《まろ》び生く

じぐざぐに飛ぶ性《さが》のあり紅蜆蝶《べにしじみ》

ブランコを漕ぎつつ少女らの育つ

飛花落花見えざる天の澪つくし
ふたひらの結ひに始まる花筏

桜散る逢へざる人の魂がりへ
今生の影をもたざる花筏

ゆく春や寝ころんで聴く寮歌集

頰刺やかつて銃後の一語あり

海と地のあはひに咲きぬさくら貝

象の鼻ぶらりぶらりと春の闇

青春やホチキスの針嚙み合はず

風船を入れ青空の動き出す

かげろふやずしりと重き古瓦

鉄橋の劣化じりじり春闌くる

野遊びの嬰児《やや》脱げさうな靴をはき

大干潟砂上に現るる無数の目

染みのこる子泣き柱よ昭和の日

藤の木が春の長さを抱いてゐる

# 鐘の音

# 百八句

緋の牡丹どかんと夏の入り口に
ぼうたんの嬌艶空が遠くなる

花は葉に弥勒の小指ひかり帯ぶ

大手鞠残り少なき米を研ぐ

友の訃よ玄関に置く黒牡丹

被曝地の一気に崩る大手鞠

友逝きぬ

かなしびの色がはみ出す黒牡丹
散り切りしぼうたんにある静ごころ

もう戻れない竹の子が皮を脱ぐ

額あぢさゐ夜は星屑を拾ひたる

活花の水に閉ぢ込められし蟻

金毛虫ひたと夕日を見つめをり

太陽を摑んで投げる五月《ごがつ》の子

臍深き天鈿女よ緋牡丹よ

椅子壊るあはれ五月の子供たち

田起しや牛の目をして牛を打つ

眉間より息を吸ひこむ青岬

田水張るひとときも天も地も平ら

小満の夜や淅《かし》米《ごめ》の白みゆく

嫋々と地を這ひゆきぬ田植唄

かはほりの閉づることなき眼かな

白扇の牛歩の二字を開きたる

夕菅や結ひのこころの残る里

残心の見ごとなるかな蛇の衣

海月にも自律神経走りたる
時の日の人ばらばらに歩きをり

麦秋や蔵に眠れる鉄兜

かうもりが空のつづきを飛んでゐる

あけぼのの浮かぶ列島白あぢさゐ

父の日の夕日まぶしく落ちゆけり

生きとしの出口見えざる青葉闇

梅雨の夜の壁に魚影の滲み出づ

あぢさゐや日々新たなる老ごころ

馬どちに食はれさうなる花石榴

かたつむり己が輪廻を背負ひたる

陶枕の青きちどりよ波の音

沖縄忌のたうちつづく海岸線

寝釈迦とはなれぬ一島沖縄忌

すでにして二天一流子蟷螂

曇天にもたれて竹の皮を脱ぐ

藻屑蟹迷彩帽を被りたる
ぽきぽきと言葉が折れる銭葵

人間の言葉が刺さるなめくぢら
じんじんと銀花を秘むる白菖蒲

飛込みの子らぶすぶすと水を刺す

白鷺を見つむる涼といふがあり

百日紅散つて花やぐ降り蹲踞

百足延ふ水の流るるごとくなり

進路とは見えざるものよ青岬

大雪渓雪の匂ひを放ちたる

螢の夜水踏むやうに畔をゆく

外れたる草矢が美しき弧を描く

梅雨前線一列島を袈裟懸けに
凋落の予感にふるへ濃あぢさゐ

暴れ梅雨祈りの底が抜けてゆく

青林檎青春齧り尽くせずに

夜光虫揺れては時を洗ひたる

包まれて朝刊とどく梅雨曇り

六月やどんどん雨が固くなる

死してなほ抱くつめたさ青大将

一行の詩となりゆけり竹の子ら

白杖の先が目となり梅雨を踏む

蛞蝓ひそかに蝸牛憎みをり

梅雨明くる臍出し寒山拾得図

サーファーら海を踏んでは反転す

落つる先無きかに落つる夜の噴水

草むしりむしり畑を取りもどす

太陽の落し子なりきゼラニューム

大花火牡丹のあとの冠《かむろ》菊《ぎく》

烏瓜の花投げやりな朝がある

遠花火歳月川を流れゆく

動かざる水は老いゆく水中花

おんおんと呼べば近づく蚊柱よ

太陽といふ死角あり蚊食鳥

木の枝に蛇の揺れをり蛇の恋

逃亡の姿で生きる浜昼顔

反戦の意志あるごとく海月群る

九条のあやふさ螢点滅す

考へてゐるかに止まる冷房機

啞蟬がさくらの肌となりきりぬ

夕凪の海に貼りつく潮目かな

捨身図のみ仏のごと飛び込みぬ

幽世《かくりよ》を背負ひたりしかはんざきは
谷崎忌火蛾金粉を撒きちらす

白炎天つまづき一つ不意にくる

空缶の水に錆泛く炎暑かな

戻り梅雨ひびくピアノの低音部

滝となる水天地に委ねをり

大炎天死は仰向けにやつてくる

人形を抱いて老女の夕端居

間延びする一処のありぬ蟻の列

樹皮一片はがるるごとく蟬立ちぬ

人去りて夜が溜まりゆく納涼船

清貧のたづきしみじみ茄子の紺

こころなく押し出されたる心太
浪花びと暑し暑しと生きてをり

少女らの蚊帳結界のごと垂るる

青蘆原風風らしき息を衝き

ヒロシマ忌何も持たざる手の重さ

鉄骨といふ骨あらは原爆忌

炎ゆる日の六日澄みゆく鐘の音
ひとつだに船虫海に攫はれず

京びとの涼しき顔とすれ違ふ

蛇逃ぐるその足あとを消しながら

縄文人の髪飾りしか凌霄花《のうぜん》よ

夏休み木登りの子に見下ろさる

空蟬のそびらに残る神経節

騒客に離れ蹤きゆく螢狩り

# 貝割菜

七十句

戦火あり槍鶏頭の穂のかなた

針金のハンガーゆがむ長崎忌

黒葡萄食ぶ知恵の輪の解けざるに

マリア像

見つめねば石に戻りぬ浦上忌

外されし写真の跡や終戦忌
敗戦忌踏まれたままの足がある

夜もすがら余熱を抱く赤鶏頭

被爆地のカンナ日暮れの舌垂らす

昇りつめたる朝顔の乱れやう
敗戦日ひとつの終止形なれど

酔芙蓉がんじがらみに頽《くずお》るる
バーボンを飲んで敗戦忌を修す

おしなべて口より傷む黒葡萄

無花果を割きたる指のざわざわす

楼蘭のふたたびを思ふ雁来紅
白露かな言葉に息をさせてやる

この星に水あるかぎりちちろ鳴く

鉦叩しづかに夜明け鳴らしをり

止まつたままの回転木馬虫の声

地を覆ひ大軍の虫襲ひくる

折鶴は倒れやすしよ秋の風

曼珠沙華夜は泥炭のごと燃ゆる

寝袋の身の流れ出す天の川
虫のこゑ染みたる朝を踏みゆけり

貝割菜《かいわれ》のひとつひとつが息を吐く
ひかびてからの日次よ吾亦紅

あをあをと空の滴る唐辛子

悪意なく泡立草の揺れてをり

ある日ふと数へきれざる蜻蛉の死

ゆく虫も残れる虫も闇の中

しばらくは水に活けたる新豆腐
衣被するりするりと逃げてゆく

花束のごと貰ひたる唐辛子

なけなしの地べたのありぬ虫の声

訳もなく無月の犬が吼えてをり

団栗は森の宝玉子らの声

自然なる道は曲がりぬ吾亦紅

更待や炎を見るだけのマッチ擦る

曼珠沙華まさに戴冠詩人たり

白萩散華ほんに仏牙とまがふほど

秋冷やうがひの水に咽せてをり

夜《よる》は夜《よ》の星のはぐくむ黒葡萄

見下ろせば城跡なりき葛の花

鳴く虫のほとり静かな夜がある

鳥渡る止り木のなき中空よ

穴惑ひまばたき一つだにせざる

心音の聞こえてきさう鰯雲

ひらひらと月は泳ぎぬ中也の忌

せめぎ合ふ水よ魚よ下り簗

敗荷のそこ動かざる力あり

栴檀の実をもかじりし少年期
噛めば血の滲む林檎をまた噛みぬ

隠し味舌にじわりと十三夜

御馳走をいただくやうに菊を見る

等分に円を分けあふ毬の栗

ざらざらと過ぎし青春破れ芭蕉

目印の赤い紐あり自然薯掘る
刈られてもなほ考へる葦であり

すすり泣く賽の河原の夕もみぢ
大鍋に冬瓜くつくつ透きとほる

賞外の菊片隅に息を吸ふ

模造枝にインコ鳴きをり秋夕焼け

西へ西へ紅葉の走る放浪記

生きとしの命傾く谿もみぢ

みちのくの無明長夜を思ふべし

風が洗ふ戦場ヶ原の草もみぢ

受け手なきボールを壁に秋の暮

火口湖の紅葉曼陀羅なる夕べ

蟷螂の雄のまぶしき果《はたて》かな

物語いくつも沈む余呉の秋

# 炭の尉

# 九十六句

立冬の目には見えないバネがある

のつけから風の荒ぶる神無月

冬に入る冬虫夏草よ人もまた
電線の電気は見えず神の旅

鬼ごつこしてゐるやうに舞ふ枯葉

蹄鉄が火花を散らす冬の道

綿虫に保護色ありとせばひかり

ゆつくりと瓦礫を歩む枯蟷螂

手袋が選挙のビラを拒みたる

しぐるるやますます白き巫女の首

常磐木の名前をたどる冬の山

枯蟷螂ひかりまみれに生きてをり

水といふ不思議を飲みぬ霜の朝

極月やぷつんぷつんと紐を切る

砂に消え砂に現れたる冬の川
手に留まる体温のなき雪ばんば

童子墓に駄菓子のひとつ冬オリオン

銀杏落葉踏まれ踏まれて透明に

抱擁をくり返し果つ焚火の炎

まだ皿を回しつづける枯蓮

さざんくわ散る新聞の来ぬ月曜日

緋縅《ひおどし》蝶は凍てざる蝶よ冬に舞ふ

小さきほど炎うつくし聖夜劇

白鳥や夜明けはいつも滲んでゐる

まだ息の通ひたりしか木の葉髪

残生や冬が大きくのしかかる

倒れさうな板塀のあり花八手

顳《こめかみ》は脈打つところ雪催ひ

襟足の白きに消ゆる風花よ

亡き父の形とどむる冬帽子

狐火の件《くだり》となれば尖る耳

月光をくぐりて海鼠食ひにゆく

撃たれたる熊にひと夜の星しづく

雪ばんば雪の匂ひを背負ひたる

そのままにして置きたかり炭の尉《じょう》

寒風裏亀の子束子眠りをり

さみどりの灰釉となる柞《なら》落葉

爐いぶしの大黒の鼻酔うてをり

足音に足音重ね除夜詣
年流る五重塔の心ばしら

潰れゆく撞木の先よ除夜の鐘
年始まる夜明けをはるか先に置き

録されぬ海の被曝度年明くる

舳先より凍てし声飛ぶ綱が飛ぶ

考への回り出したる冬帽子

ふくろふの鳴く夜の子どもよく眠る

虞美人の長き襟足臘梅花

枯蓮を見る枯蓮となつて見る

襟巻をすればたちまち風の人

枯蓮の耳従容と吹かれをり

生きてをり蒲団の中の膝小僧

裸木が月夜の声をあげてをり

黎明や雪を転がる雪の音

冬怒濤障子の穴を震はせる

足跡てふ獣道あり雪の山

被《ひ》曝《ばく》猪《じし》寒の竹の子掘りいだす

うたかたの夢を見てをり霧氷林

海鼠腸をするりと呑んで老いゆかん

肩書きの無き日マフラーぐるぐると
片方の靴のさまよふ冬の海

瞽女のごと影を曳きずる寒牡丹

雑念に似て枯蔓のからまりぬ

森林に似てくる都会寒鴉

大寒の磁石が釘をぶら下げる

極寒や開いたままの裁ち鋏

冬深むはしらうつばりねだの音

根を張りて大地分けあふ冬木立

寒月光泉は踊りつづけをり

雪の夜の糸を泣かせる機織女

老いざれや縋る手摺のつめたかり

ひとりでは立ち上がれざる霜柱
土踏まずたしかにありて雪を踏む

拭ひさる生死不明の冬の黴

小面の口笑ひをり寒九の夜

一鳥に一死ありけり冬の山

雪が降る河童の恋のその果てに

寒稽古下段の構へ辷りゆく

美人画の首の辺りの寒さかな

どうしても飛べないキリン雪が降る
木の葉髪人生白く透けゆくよ

雪をんな消ゆ一条の滝となり

雪の富士息を殺してゐるやうな

雪食うてダモイの一語噛みしむる

つくばひに活けられしまま冬椿

反射するものの恐ろし枯野原

大寒や臍の如くにねまりたる

蓮根掘るひとの浮き腰沈み腰

尖りたる顎すたすたと寒行僧

独房はかくやと思ふ虎落笛

郷愁のなき身すがらよ寒牡丹

雪しづか湖底に眠る白骨林

雪庇には乗るな乗るなと老いの声

厩栓棒《ませんぼう》に馬の咬み痕春まぢか

断捨離をのがれし人形日脚伸ぶ

小太鼓の漣打ちよ春を待つ

肩甲骨ぐるぐる回し鬼は外

句集　牛歩　畢

# あとがき

句集『牛歩』は、『火の匂ひ』『白牡丹』『天と海』に続く、第四句集で、主として、平成二十二年から、令和二年九月までの、句誌「未来図」に発表した作品と、同十一月創刊した句誌「むさし野」の、令和四年十月までの作品、合わせて三百六十四句を収めている。その間の、令和二年六月十一日に、「未来図」の鍵和田秞子主宰が逝去された。親族葬という通知により、葬儀に参列出来なかったことは、誠に残念の極みであった。

そんな中で、秞子主宰の中陰明けを機に、俳友の多くの方々からの、強い要望が寄せられ、同年十一月句誌「むさし野」を創刊することになつた。

これからも、〈芭蕉の「風雅の誠」の志を受け継ぎ、「敬天愛人」のことばを胸に、自分自身の身ほとりを深く見つめながら、季節の自然を謙虚に感じとるという俳句の道を、一歩一歩進んでゆきたい。〉という、創刊の言葉とともに、日々俳句に親しんで行ければと願っている。
出版に際し、東京四季出版の西井洋子社長、上野佐緒編集長や淺野昌規氏に、大変お世話になり、心より御礼申し上げる。

令和五年初春

二川茂徳

## 著者略歴

二川茂徳（ふたがわ・しげのり）

昭和十五年六月二十四日　香川県高松市栗林町にて生まれる
昭和三十五年　句作を始める
昭和三十八年　詩人 淺野晃に師事、詩・俳句を学ぶ
昭和六十一年　「未来図」入会、鍵和田秞子主宰に師事
令和二年　句誌「むさし野」創刊

平成元年　第五回「朝日俳壇賞」受賞
平成八年　第十一回「未来図賞」受賞

著書　句集『火の匂ひ』（平成八年刊）
　　　句集『白牡丹』（平成十五年刊）
　　　句集『天と海』（平成二十三年刊）

「むさし野」代表
公益社団法人俳人協会　評議員

現住所　現〒177-0033　東京都練馬区高野台二―二三―一一

俳句四季
創刊40周年記念
Shiki Collection
40+1
1

句集 牛歩 ぎゅうほ

2023年5月1日 第1刷発行

著 者 二川茂德

発行者 西井洋子

発行所 株式会社東京四季出版
〒189-0013 東京都東村山市栄町2-22-28
電話 042-399-2180／FAX 042-399-2181
shikibook@tokyoshiki.co.jp
https://tokyoshiki.co.jp/
印刷・製本 株式会社シナノ


ISBN978-4-8129-1089-4